X-O MANOWAR

SOLDADO

MATT KINDT | TOMÁS GIORELLO | DIEGO RODRIGUEZ

SUMÁRIO

5 X-O MANOWAR 1

Roteiro: Matt Kindt
Arte: Tomás Giorello
Cores: Diego Rodriguez
Letras: Nayara Miranda
Capa: Lewis LaRosa
com Brian Reber
Agradecimentos Especiais a Jenn Haines

43 X-O MANOWAR 2

Roteiro: Matt Kindt
Arte: Tomás Giorello
Cores: Diego Rodriguez
Letras: Nayara Miranda
Capa: Lewis LaRosa
com Brian Reber

69 X-O MANOWAR 3

Roteiro: Matt Kindt
Arte: Tomás Giorello
com David Mack e Zu Orzu
Cores: Diego Rodriguez
Letras: Nayara Miranda
Capa: Lewis LaRosa
com Brian Reber

94 PRÓLOGO: AS TRÊS PRECES DE X-O MANOWAR

Valiant: X-O Manowar - Edição Especial para o FCBD* 2017

Roteiro: Matt Kindt
Arte: CAFU
Cores: Andrew Dalhouse
Letras: Nayara Miranda
Capa: Tomás Giorello
Arte da capa do encadernado:
Lewis LaRosa com Brian Reber

*Free Comic Book Day, ou Dia do Quadrinho de Graça, onde as editoras dão uma edição gratuita de um de seus títulos para os leitores.

100 ADMIRÁVEL MUNDO NOVO (ENTREVISTA COM MATT KINDT)
X-0 Manowar - Preview de Primavera de (2017)

102 ARMAS E GUERREIROS
X-0 Manowar - Preview de Primavera de (2017)

Trechos do roteiro: Matt Kindt
Arte: Tomás Giorello

105 A ARTE DA GUERRA

Comentários e criação dos personagens: Lewis LaRosa

106 AVANÇOS TECNOLÓGICOS DOS CÁDMIOS
Edição de pré-venda de X-0 Manowar 3 (2017)

Trechos do roteiro: Matt Kindt
Arte: Tomás Giorello

107 GALERIA

Ariel Olivetti
Bob Layton
David Baron
Kenneth Rocafort
Mico Suayan
Monika Palosz

Editores assistentes: Robert Meyers e Charlotte Greenbaum
Editor-Chefe original: Warren Simons

Dan Mintz
Chairman

Fred Pierce
Publisher

Walter Black
VP Operations

Joseph Illidge
Executive Editor

Robert Meyers
Editorial Director

Mel Caylo
Director of Marketing

Matthew Klein
Director of Sales

Travis Escarfullery
Director of Design & Production

Peter Stern
Director of International
Publishing & Merchandising

Carl Bollers
Lysa Hawkins
Editors

Victoria McNally
Senior Marketing &
Communications Manager

Jeff Walker
Production & Design Manager

Julia Walchuk
Sales Manager

Emily Hecht
Sales & Social Media Manager

David Menchel
Assistant Editor

Connor Hill
Sales Operations Coordinator

Russ Brown
President, Consumer Products,
Promotions & Ad Sales

Caritza Berlioz
Licensing Coordinato

VALIANT, X-O MANOWAR e todos os personagens relacionados são ® e © 2018 Valiant Entertainment LLC. Todos os direitos reservados. www.valiantentertainment.com

Isabelle Felix
Tradução

Mighty Co.
Letras e Diagramação

Rogerio Saladino
Editor

Equipe da Jambô: Álvaro Freitas, André Rotta, Guilherme Dei Svaldi, Guiomar Lemos Soares, J. M. Trevisan, Karen Soarele, Leonel Caldela, Maurício Feijó, Rafael Dei Svaldi, Rogerio Saladino, Freddy Mees e Tiago H. Ribeiro.

Rua Sarmento Leite, 627 • Porto Alegre, RS • CEP 90050-170 • Tel (51) 3391-0289 • contato@jamboeditora.com.br
www.jamboeditora.com.br • facebook.com/jamboeditora • twitter.com/jamboeditora

Todos os direitos desta edição reservados à Jambô Editora. É proibida a reprodução total ou parcial, por quaisquer meios existentes ou que venham a ser criados, sem autorização prévia, por escrito, da editora.

1ª edição: dezembro de 2018 | ISBN: 978858365095-9

Alex Alprim Dir. Executivo/Projetos
Percila Souza Gerente de Projetos • **Pedro Faria** Coord. Editorial • **Jefferson Luis** Designer Pleno
Nayara Miranda Designer Editorial
MIGHTY CO. • Telefone: + 55 11 98472-1153
E-mail: alprim@mightyco.biz • Skype: aalprim • https://www.facebook.com/agenciamightyco

Dados Internacionais de Catalogação na Publicação

K51x	Kindt, Matt.
	    X-O Manowar / Matt Kindt, Tomás Giorell, Diego Rodriguez; tradução de Isabelle Felix – Porto Alegre: Jambô, 2018.
	112p. il.
	
	    1. História em quadrinhos. I. Felix, Isabelle. II. Título.
	
	                                                               CDU 82-91(084.1)

"VOCÊ VIU OS SOLDADOS MARCHANDO HOJE, ARIC?"

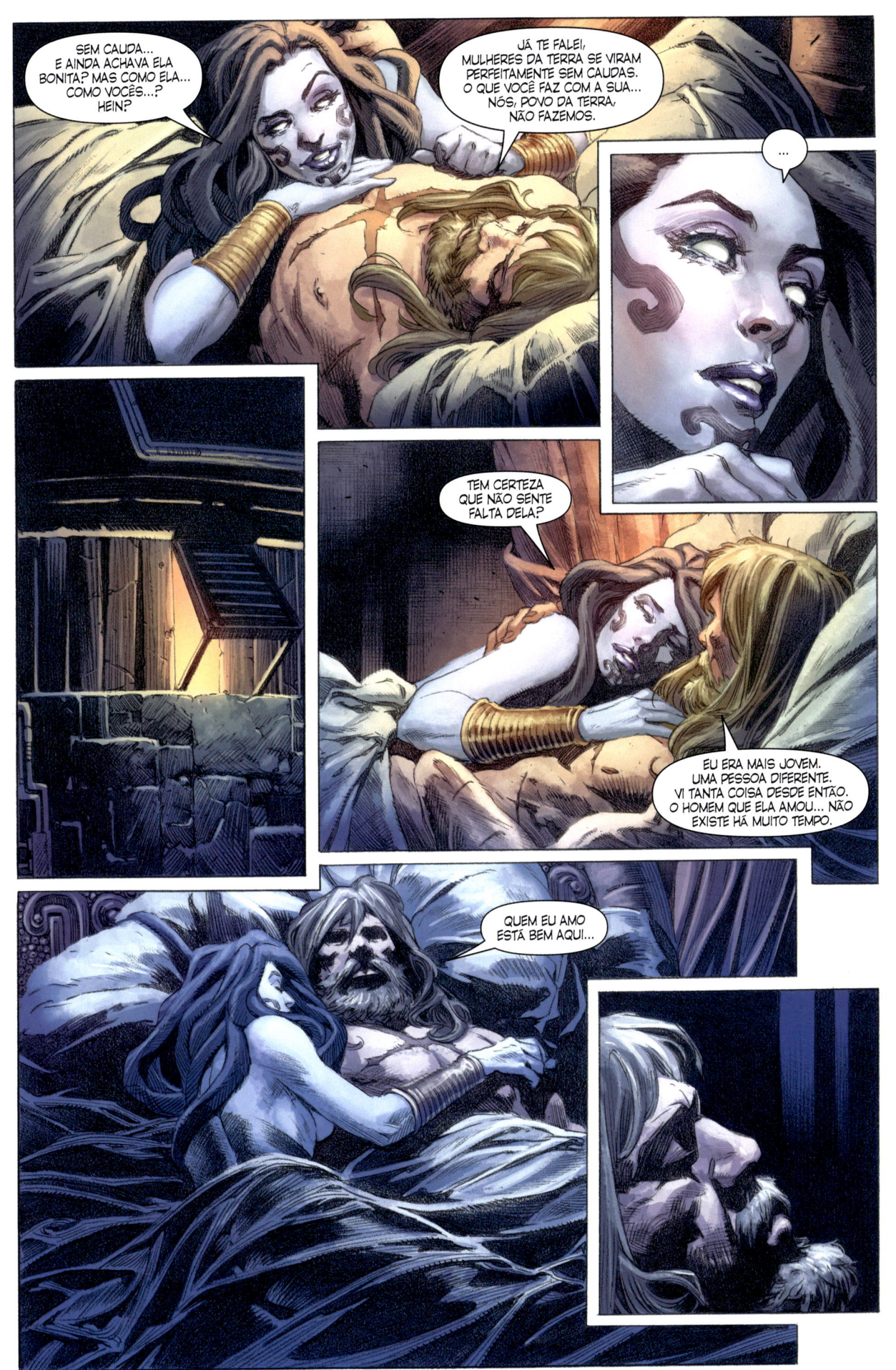

"QUANDO O TUBO FINCAR NA PAREDE DO PENHASCO... NÃO HESITE. SAIA E SUBA O MAIS RÁPIDO QUE PUDER."

"ESTAMOS ABRINDO CAMINHO ATÉ O PALÁCIO DO PRESIDENTE CÁDMIO, A PÉ. OS *CÁDMIOS* TÊM CONTROLE DOS CÉUS. O ÚNICO JEITO DE ENTRAR É POR TERRA."

APRESENTANDO ARIC DA TE-HA, SENHOR.

PARA QUE AS AÇÕES DE UM *SOLDADO VERME* CHEGUEM ATÉ OS MEUS OUVIDOS, SIGNIFICA QUE, HOJE VOCÊ FEZ ALGO SINGULAR.

CORAGEM? PURA SORTE? COMPETÊNCIA? NA MINHA EXPERIÊNCIA, UM BOM SOLDADO DEVE POSSUIR ESSAS TRÊS COISAS. OBVIAMENTE, VOCÊ TEM SORTE, MAS AS OUTRAS DUAS? VEREMOS.

TENHO UMA MISSÃO PARA VOCÊ. ESTAMOS PERTO DOS PORTÕES DA FORTALEZA DOS CÁDMIOS. MAS FORÇA BRUTA NÃO NOS FARÁ ATRAVESSAR AQUELES MUROS.

VOCÊ DEVE SE INFILTRAR NO PALÁCIO. DESTRUIR O CENTRO DE COMUNICAÇÃO QUE CONTROLA AS NAVES DO INIMIGO. EM OUTRAS PALAVRAS, UMA MISSÃO SUICIDA.

ATINJA ESSAS DUAS METAS E NOSSA PRECÁRIA *BASE* SE TORNARÁ UMA *FORTALEZA*. E PODERÁ VOLTAR PRA A FAZENDINHA DE ONDE TE TIRAMOS.

VOCÊ TEM A NOITE PARA DESCANSAR. SUGIRO QUE FAÇA ISSO.

PRECISO DE VOCÊ...

...UMA ÚLTIMA VEZ.

Claro que precisa.

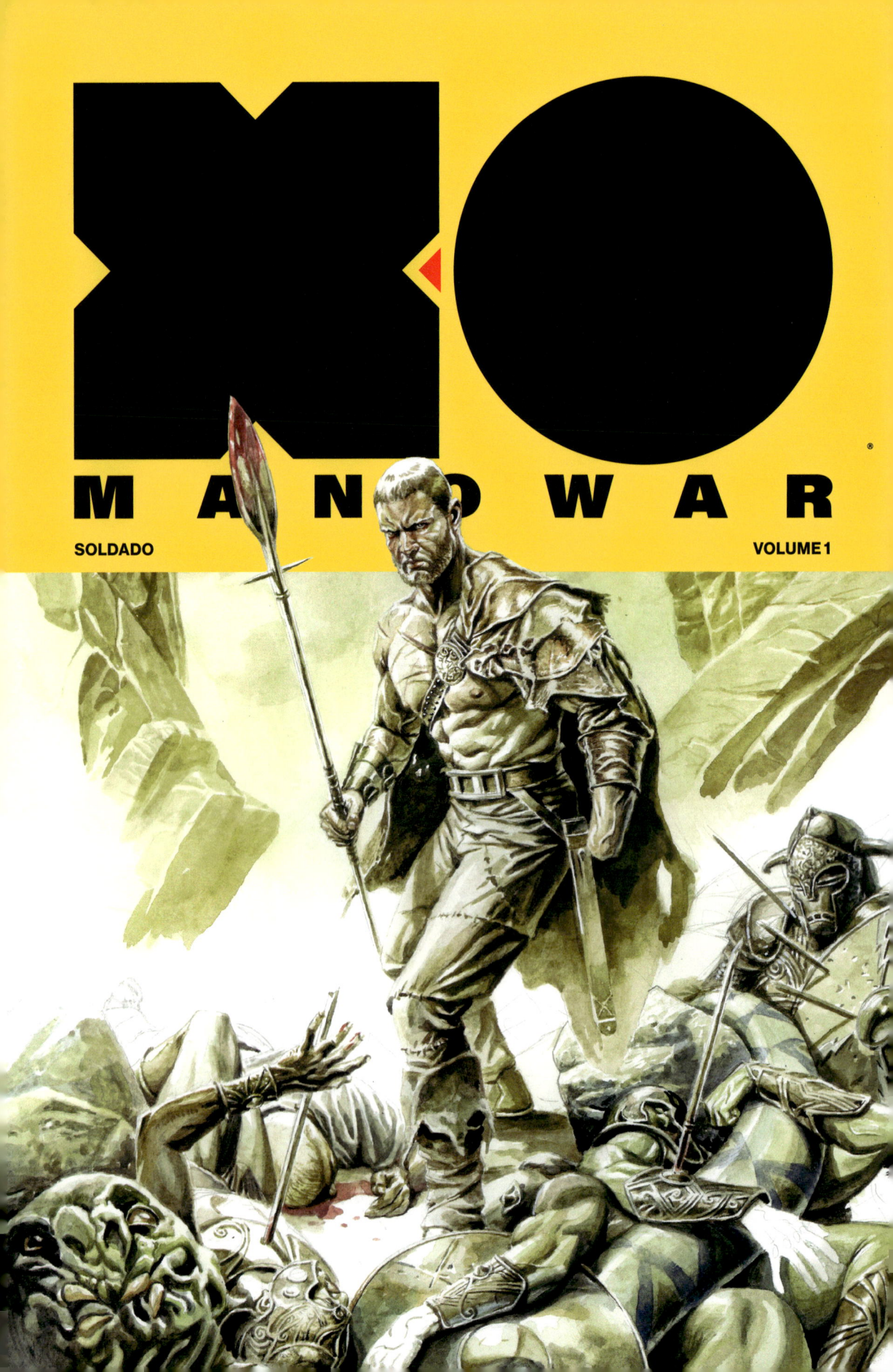

X O MANOWAR

SOLDADO

VOLUME 1

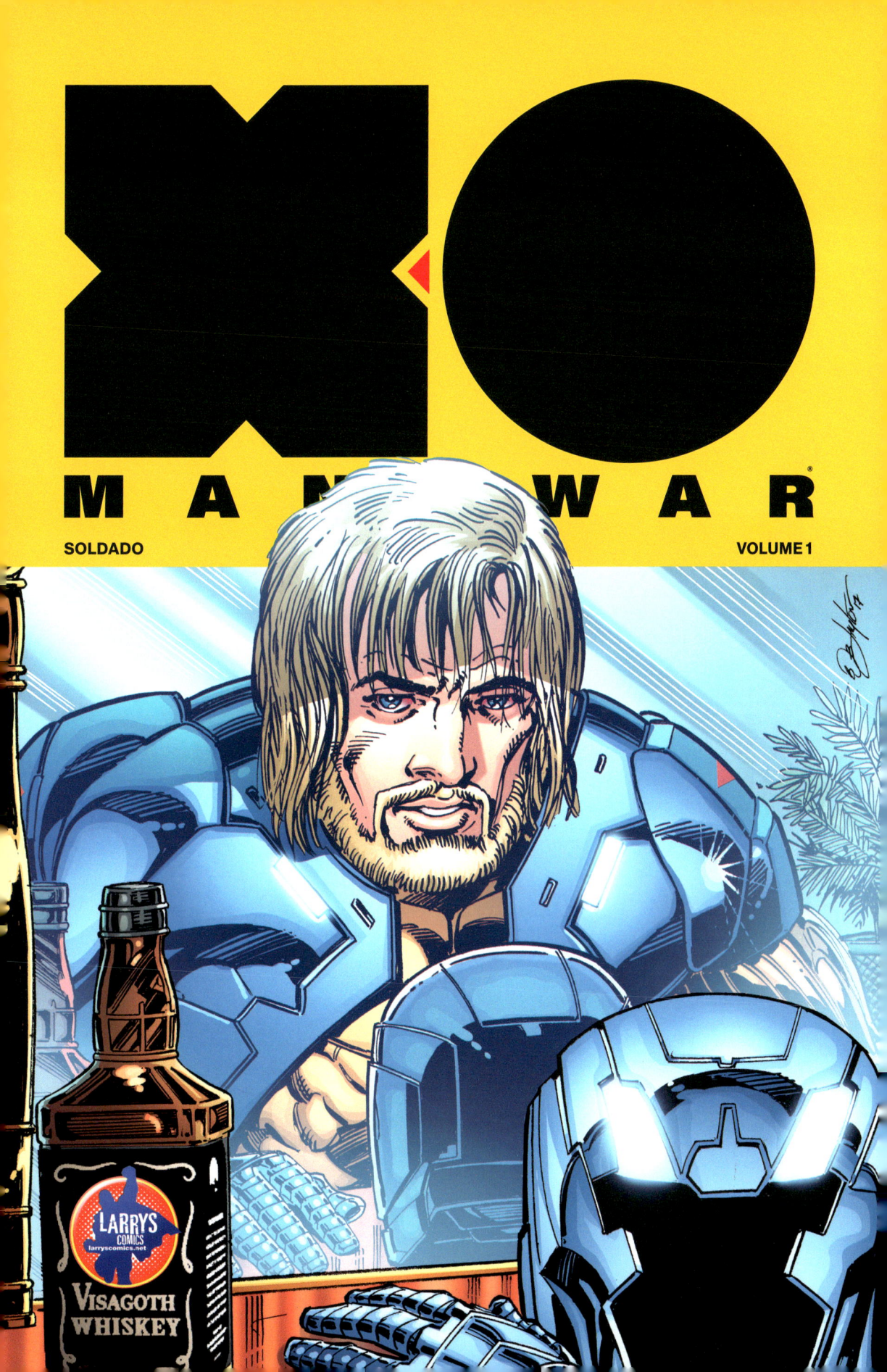

X O MANOWAR

SOLDADO

VOLUME 1

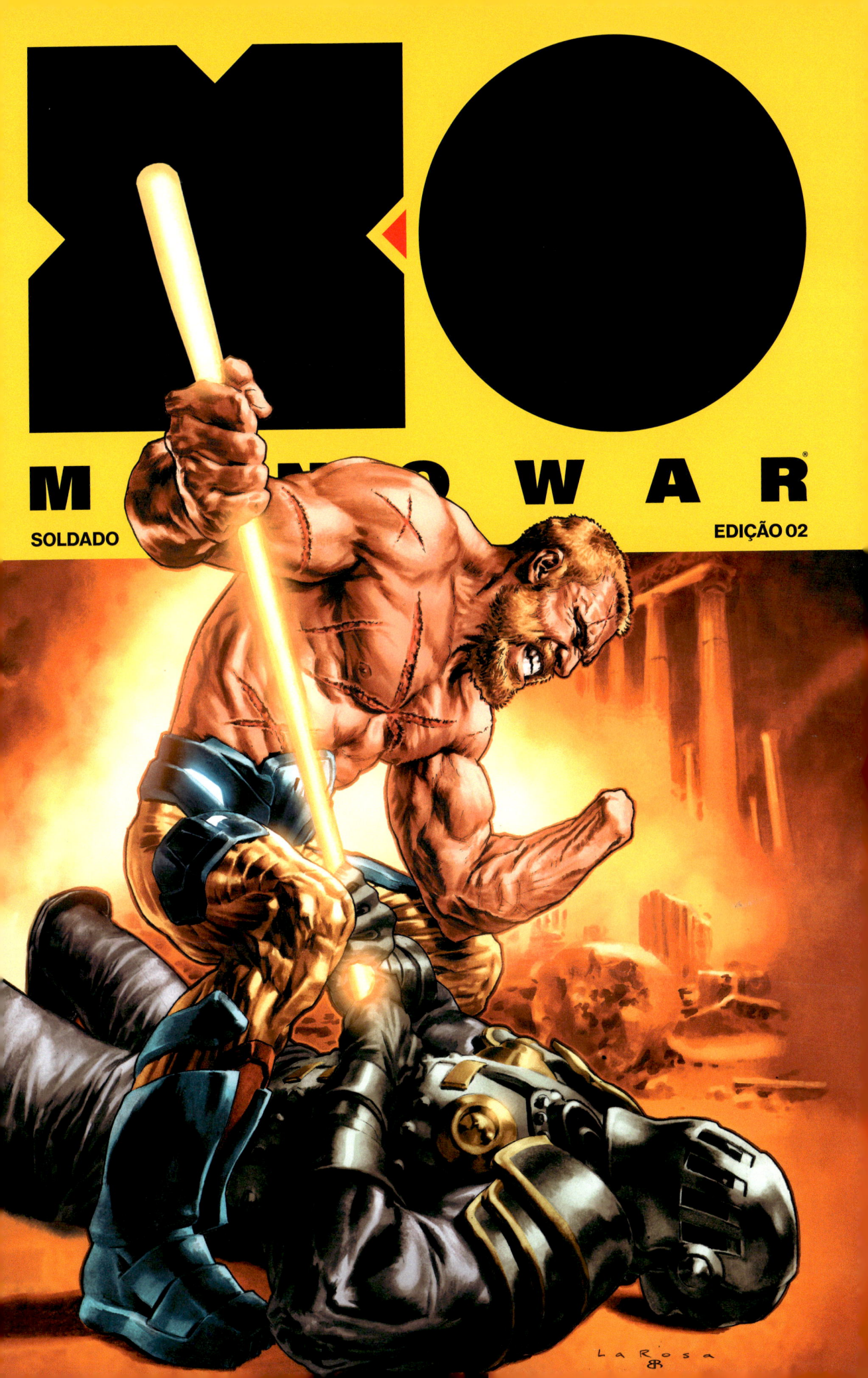

XO MANOWAR

SOLDADO

EDIÇÃO 02

PLANETA GORIN

NÃO QUERO SUA AJUDA.

LUTEI PELA PAZ POR TODOS ESSES ANOS, MAS GUERRA E CARNIFICINA ME SEGUEM ONDE QUER QUE EU VÁ.

ACREDITEI QUE ERA *EU*. MAS AGORA PERCEBO...

É VOCÊ. VOCÊ É QUEM ATRAI DESTRUIÇÃO E GUERRA. CREIO QUE VOCÊ BUSCA POR ISSO.

Você é um animal, Aric. Movido por todos os desejos humanos primordiais. Por mais que queira negar.

Sua grandiosidade foi graças a mim. Devido ao que fizemos *juntos*.

Acha que foi coincidência você ter me forjado agora como um anel?

Estamos *unidos*, Aric. Independente de aceitar ou não. Estamos ligados. Um elo mais forte do que qualquer outro que venha a conhecer.

VOCÊ ESTÁ ERRADO.

Você trocou votos e um anel com uma mulher na Terra. Diga-me, Aric...

...onde ela está agora?

ARIC?

CAPITÃO BRANIX REUNIU A EQUIPE. A GENTE TEM QUE SE APRESENTAR NA TENDA DE PREPARO.
OBRIGADO, WYNN.
COMO VOCÊ ESTÁ?
BEM, NA MEDIDA DO POSSÍVEL. AQUILO ERA... VOCÊ TAVA REZANDO PARA SEUS DEUSES?
NÃO.
HÁ ERAS QUE NÃO REZO PARA OS MEUS DEUSES.
LÁ VAMOS NÓS. PARECE QUE O CAPITÃO JÁ COMEÇOU.
VAMOS LANÇAR VOCÊS NA BASE DOS CÁDMIOS VIA TUBULAÇÕES ZOOM. OS TUBOS SÃO PEQUENOS O BASTANTE, OS DEUSES QUEIRAM, PARA ATRAVESSAR OS ESCUDOS CÁDMIOS SEM DESINTEGRAR VOCÊS.
AO ATERRISSAREM, É QUANDO A MISSÃO VAI COMEÇAR.
VOCÊS TÊM DOIS OBJETIVOS. DESTRUIR OS GERADORES QUE ALIMENTAM OS ESCUDOS. ISSO PERMITIRÁ QUE NOSSA INFANTARIA INVADA A CIDADE.
MAS NÃO É O FIM DA MISSÃO. DEVEM, TAMBÉM, ELIMINAR A TORRE ALVO, NO CORAÇÃO DA CIDADE.
OS CÁDMIOS POSSUEM FROTAS ESTELARES ORBITANDO O PLANETA. ELES CONTROLAM OS CÉUS.
SE NÃO ELIMINAREM AQUELA TORRE? A FROTA ESTELAR QUE ESTIVER ORBITANDO IRÁ MIRAR NAS NOSSAS FORÇAS TERRESTRES COM PRECISÃO. TUDO DEPENDE DISSO.
ARIC? ASSUMA LIDERANÇA. ESSA É A SUA EQUIPE...

JÁ CONHECE WYNN. ELE É O ESPECIALISTA EM COMUNICAÇÕES. WYNN, *ME* MANTENHA INFORMADO. *EU* MANTEREI O GENERAL INFORMADO.

A COORDENAÇÃO É CRUCIAL. PRECISAMOS SABER, O MAIS BREVE POSSÍVEL, QUANDO OS ESCUDOS E A TORRE CAÍREM.

CATT. ESTÁ AQUI PARA FAZER A ÚNICA COISA QUE VOCÊS, CRESTADOS, SABEM: MATAR QUALQUER UM QUE APAREÇA NA FRENTE.

PORRETE E CICATRIZ? AGORA É A CHANCE DE SE PROVAREM. VOLTEM E TERÃO UMA PROMOÇÃO ESPERANDO POR VOCÊS.

SE CONSEGUIR VOLTAR VIVA? QUEM SABE, TALVEZ O GENERAL TE PERDOE PELO O QUE FEZ NA CIDADE DE PALEO.

BRUTO? VOCÊ É UM TRAIDOR DO SEU PRÓPRIO POVO, ENTÃO O QUE POSSO DIZER? VAI PARA A MISSÃO JÁ QUE FOI ELE QUEM DEU A INFORMAÇÃO. SE FOR MENTIRA? VAI MORRER. SE FOR VERDADE? ENTÃO NOS VEREMOS DE NOVO.

PERGUNTAS?

QUANDO SEREMOS LANÇADOS?

ANTES DO MEIO-DIA.

ONDE ESTÁ INDO?

TE ENCONTRAREI ANTES DO MEIO-DIA.

VETERANO?
FSHHHFSHHHFSHHH
ARIC...
ESTÃO NOS ENVIANDO EM UMA ÚLTIMA OFENSIVA.
ME ESCUTE, IRMÃO. UM SOLDADO COMO VOCÊ APARECE UMA VEZ NA VIDA.
CAPITÃO BRANIX ESTÁ NO SEU PÉ.
SEJA LÁ O QUE FOR, *NÃO* FAÇAM O LANÇAMENTO POR CIMA DAS CIDADES. NADA PODE ATRAVESSAR AQUELES ESCUDOS DE MOVIMENTO RÁPIDO, NÃO IMPORTA O QUE ELE DISSER. VOCÊS VÃO SER DESINTEGRADOS.
VÁ POR BAIXO... A ÁGUA... MELHOR JEITO DE ENTRAR É PELOS ESGOTOS...
E LÁ... FAÇA O DE SEMPRE, ARIC. VOCÊ NASCEU PRA ISSO. O CAPITÃO SE SENTE AMEAÇADO POR VOCÊ EXATAMENTE POR ISSO. VOCÊ É UM GUERREIRO DE VERDADE.

ME ESCUTEM. ESTOU MUDANDO O TRAJETO. NÃO VAMOS POR CIMA.

O QUE VOCÊ ESTÁ DIZENDO? NÃO PODE MUDAR O PLANO. NÓS--

REDIRECIONANDO. SE SEGUREM.

O QUE ELE ESTÁ FAZENDO? ELE NÃO SEGUIU AS ORDENS.

TALVEZ SUAS ORDENS PRECISAM SER REEXAMINADAS, CAPITÃO. ONDE OS OUTROS FALHARAM, PARECE QUE O HOMEM QUE EU ESCOLHI...

"...POR GORIN, VAI CONSEGUIR"

ACHO QUE ELE SÓ--

CALEM A BOCA.

POR QUE VOCÊ EVITOU AS ORDENS DO CAPITÃO?

TÁ TENTANDO MATAR A GENTE?

— INTRUSOS! ACABEM COM ELES!

— ESPALHEM-SE!

NINGUÉM PODE ESCAPAR!

NÃO!

NÃO!

GHKKK!

IRMÃO...

...ohhhhh...

POR FAVOR... NÃO VOU... NÃO POSSO DEIXAR ELE PRA TRÁS...

TODOS NÓS VAMOS SOBREVIVER. CADÊ CATT?

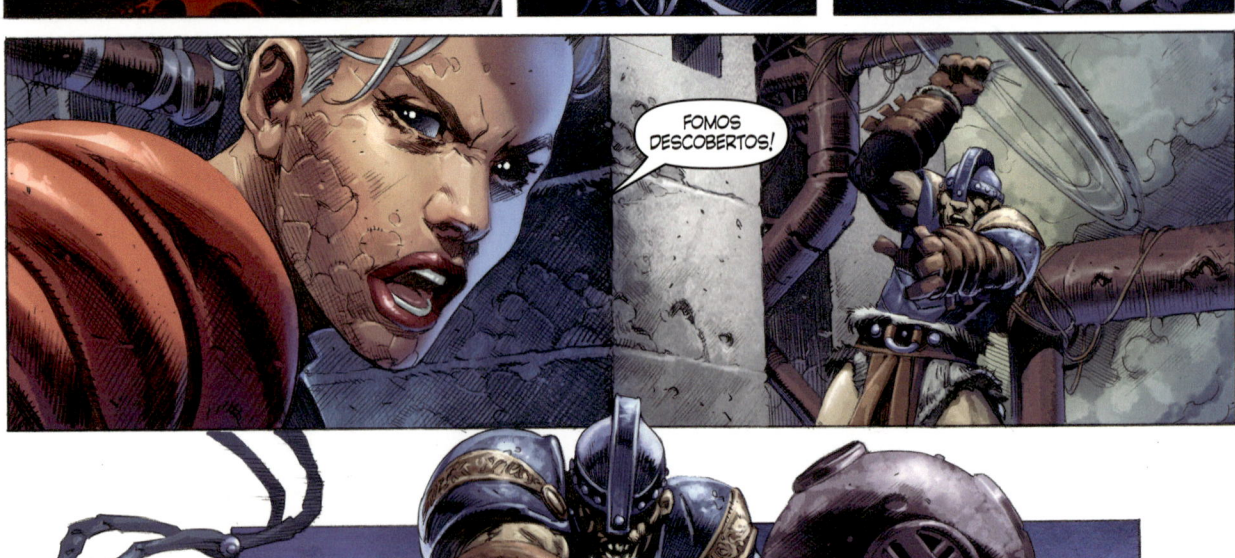

AQUI. MATEI TRÊS DELES. NÃO SE PREOCUPEM COMIGO.

HORA DE PARTIR. AINDA TEMOS QUE CHEGAR AO GERADOR DE ESCUDO E A TORRE.!

FIQUE AQUI COM SEU IRMÃO.

ESTOU VENDO OS GERADORES! A GENTE CONSEGUE!

NÃO TÃO RÁPIDO...

FOMOS DESCOBERTOS!

KWABOOM!

NNGH!

CATT! ACABE COM ELE ANTES QUE CHAME MAIS GUARDAS!

VÃO! COLOQUEM AS CARGAS NO GERADOR. EU TOMO A TORRE.

COMO VOCÊ--?

VÃO. A GENTE CONSEGUE, MAS VAMOS TER DE NOS SEPARAR. SE NÃO ATACARMOS OS DOIS ALVOS AO MESMO TEMPO, ESTAREMOS MORTOS.

ELES SÃO PEQUENOS MILAGRES, NÃO SÃO?

— CÁDMIOS NASCIDOS E CRIADOS COM UM ÚNICO PROPÓSITO: NAVEGAR E MIRAR NOSSAS TROPAS ESTELARES.

— QUE VIDA MAIS MARAVILHOSAMENTE SIMPLES E OBJETIVA. MUITO PARECIDA COM A SUA, IMAGINO.

— CURIOSO. NÃO TINHA VISTO DO SEU TIPO ANTES, INTRUSO.

— JÁ TORTUREI E ESFOLEI CRESTADOS E AZURE... MAS NUNCA ALGUÉM TÃO...

— ...ROSA.

SPFF!

ME SINTO INSULTADO POR AQUELE GENERAL AZURE TER MANDADO MEROS ANIMAIS PARA FAZER SEU TRABALHO SUJO.

NGAH!

ME DIGA, CÃO. O QUE SABE DE NÓS? DO GLORIOSO REINADO CÁDMIO?

O QUE SABE DA NOSSA HISTÓRIA? OU DA HISTÓRIA DAQUELES POR QUEM LUTA?

HNN!

VOCÊ NÃO PASSA DE UM SOLDADO DE LAMA. APODRECENDO NA SUJEIRA. FAZENDO O QUE TE MANDARAM.

SEM COMPREENDER O CONTEXTO GERAL.

COMO TODOS SOLDADOS DE LAMA, VIVE EM IGNORÂNCIA. SÓ COME, DORME, DEFECA...

...E MORRE.

POSSO NÃO ENTENDER TODAS AS PALAVRAS QUE DIZ.

POSSO NÃO TER LIDO TODOS OS LIVROS QUE LEU.

MAS SEI MAIS DO QUE A MAIORIA SOBRE O *VALOR* DE UMA VIDA.

E DO *PESO*, DO FARDO DE SE *TIRAR* UMA VIDA.

HAHAHA! O SOLDADO DE LAMA FALA!

≶SUSPIRO≷

ARIC!

— DESTRUÍMOS O GERADOR! CONSEGUIMOS! MAS O CAPITÃO... ELE...

— O QUE É, WYNN?

— ORDENS NOVAS. ELE QUER QUE A GENTE CAPTURE O PRESIDENTE CÁDMIO, AGORA, ENQUANTO SUA FROTA ESTELAR ESTÁ CEGA.

— CUMPRI MEU DEVER. NÃO DESEJO CONTINUAR A LUTA.

— DEIXEM O CAPITÃO E SEUS HOMENS FAZEREM SUA PARTE.

— TARDE DEMAIS PARA PARAR AGORA, ARIC DE TE-HA. OS CÁDMIOS NÃO SERÃO DERROTADOS FACILMENTE.

— ENQUANTO FALAMOS, O QUE SOBROU DA GUARDA DE ELITE DOS CÁDMIOS ESTÁ CERCANDO ESTA TORRE.

VÃO NOS ALCANÇAR MUITO ANTES QUE NOSSAS TROPAS CHEGUEM.

E ENQUANTO O PRESIDENTE DELES ESTIVER VIVO... ELES LUTARÃO. DOMINAÇÃO COMPLETA É TUDO O QUE OS CÁDMIOS ENTENDEM.

QUERENDO OU NÃO, VOCÊ *VAI* LUTAR, ARIC DE TE-HA.

"OU VAI *MORRER*."

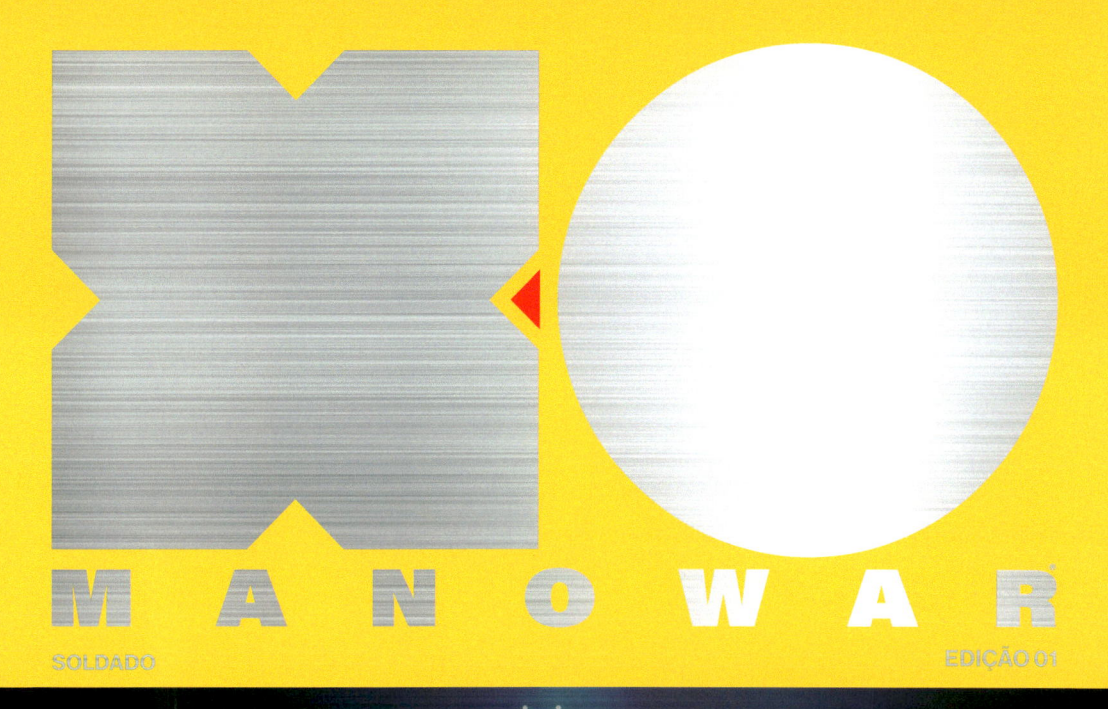

X O MANOWAR

SOLDADO

EDIÇÃO 01

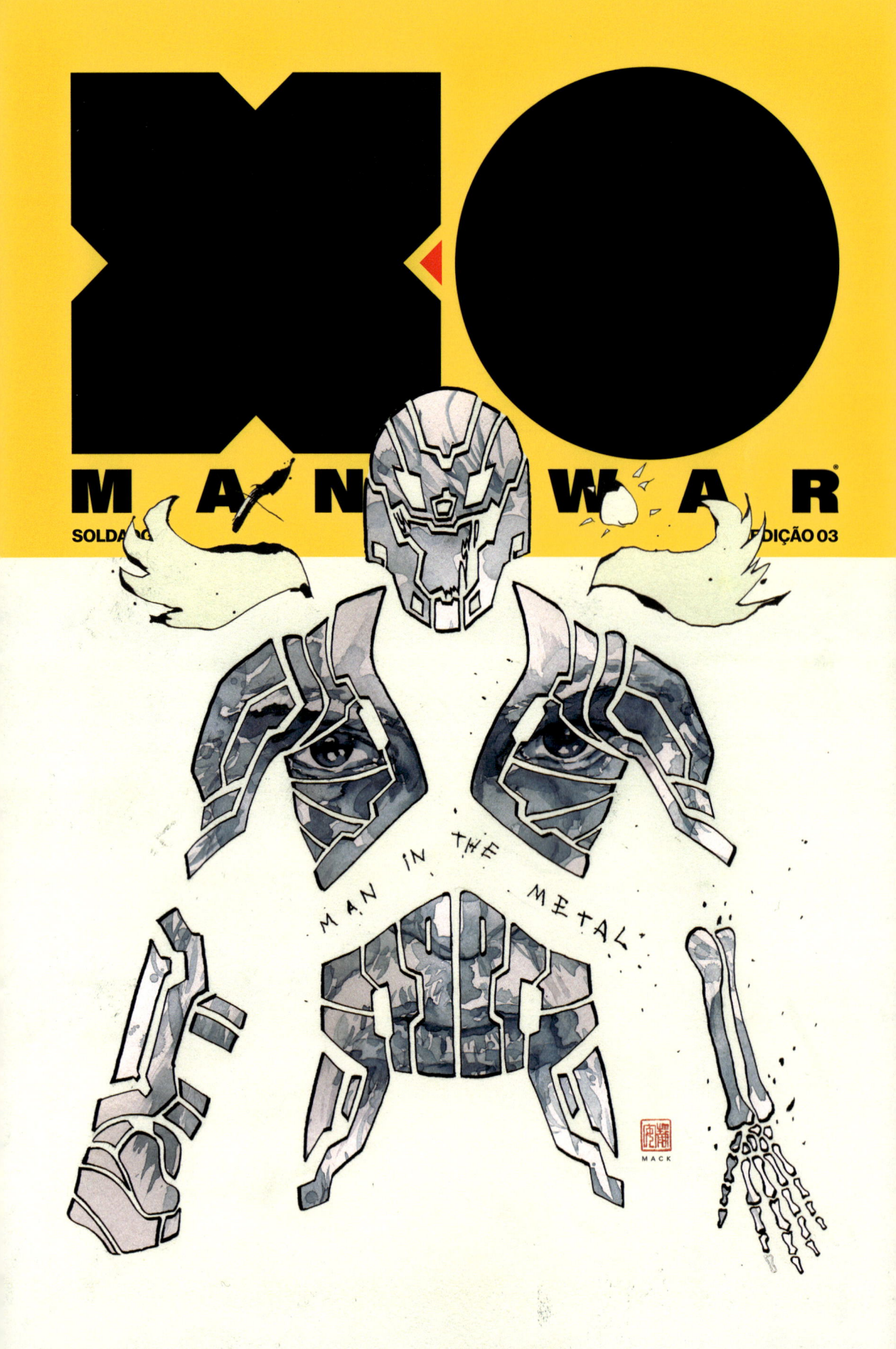

X O MANOWAR

SOLDADO — EDIÇÃO 03

MAN IN THE METAL

XO MANOWAR

SOLDADO — EDIÇÃO 03

Matt Kindt
Tomás Giorello
David Mack
Diego Rodriguez

"O Palácio Real é a joia da coroa do Império Cádmio."

"É famoso pelos seus jardins sencientes e benevolentes."

"E suas Ilhas do Prazer."

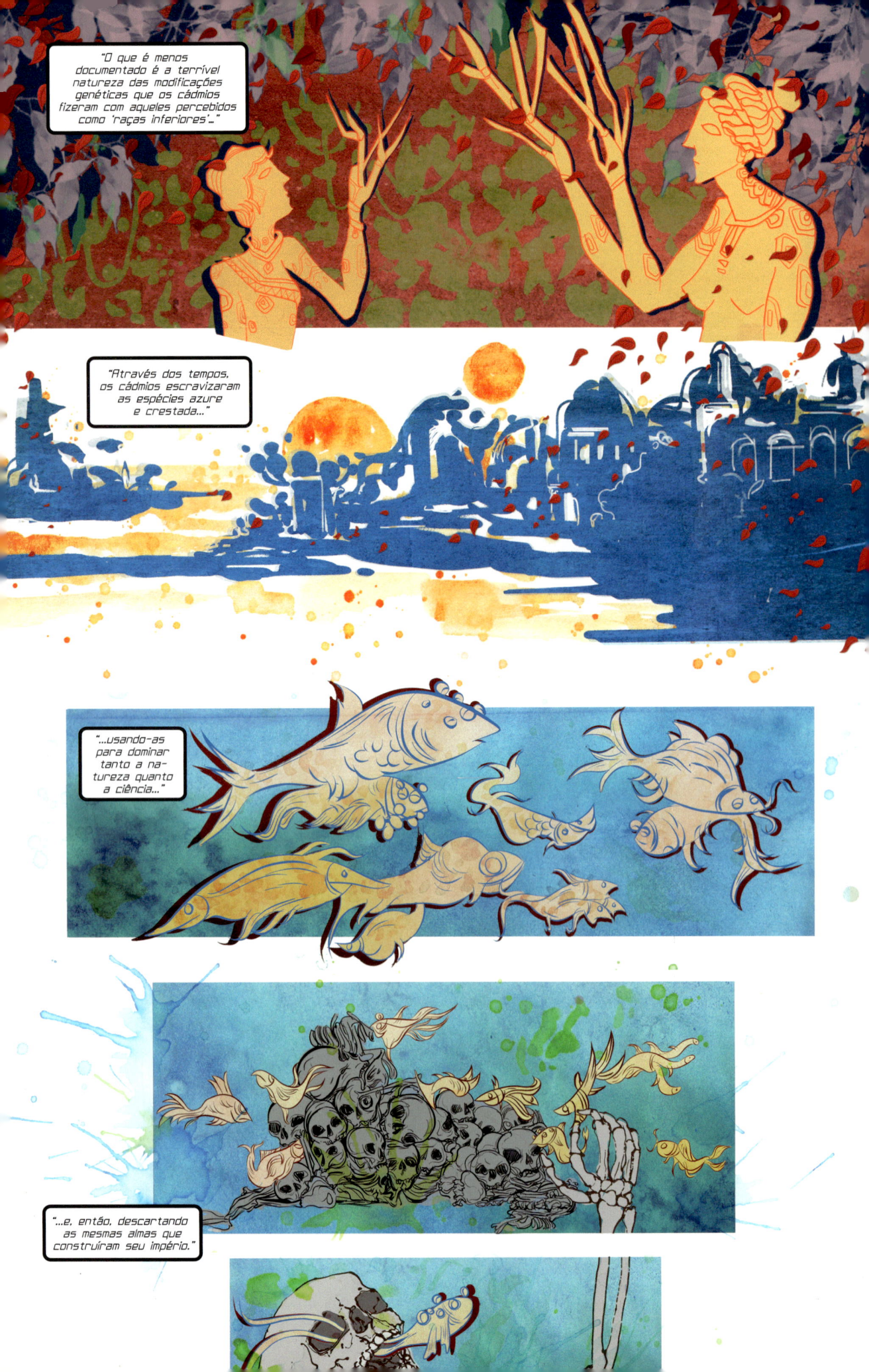

"O que é menos documentado é a terrível natureza das modificações genéticas que os cádmios fizeram com aqueles percebidos como 'raças inferiores'..."

"Através dos tempos, os cádmios escravizaram as espécies azure e crestada..."

"...usando-as para dominar tanto a natureza quanto a ciência..."

"...e, então, descartando as mesmas almas que construíram seu império."

"Manipulação genética é mais do que uma forma de arte para o povo cádmio."

"É uma forma de viver. A alta sociedade vive por gerações nas costas da classe mais baixa. Nem os próprios cádmios estão imunes à exploração genética."

"O presidente cádmio possui sua reserva pessoal de corpos."

"Um exército selecionado de homens gerados, preparados e mantidos..."

"...simplesmente para colherem deles material biológico. Seus órgãos e apêndices usados para prolongar a vida do presidente cádmio à custa da deles."

"O presidente cádmio conduziu seu reino para a dominação como um autêntico imortal."

"Eles até modificaram os escravos-do-prazer para nascerem sem braços."

Braços não são considerados vitais para seus papéis como--
CHEGA!
NÃO PEDI POR UMA LIÇÃO DE HISTÓRIA.
EU EXPERIMENTEI NA CARNE COMO OS ROMANOS TRATAVAM MEU POVO.
NÃO PRECISO DE MAIS MOTIVAÇÃO DO QUE ISSO.
TEMOS PROBLEMAS MAIORES, AGORA...
OS ESCUDOS ESTÃO DESLIGADOS, MAS ATÉ QUE O PRESIDENTE CÁDMIO SEJA CAPTURADO OU MORTO... ELES VÃO LUTAR ATÉ A MORTE!
ESTAMOS CERCADOS! NÃO TEM COMO ESCAPAR DESSA TORRE!
O EXÉRCITO AZURE NÃO VAI ALCANÇAR A GENTE A TEMPO. ESTAMOS PERDIDOS.
ONDE DIABOS ESTÃO NOSSOS REFORÇOS?!
NÃO HÁ MAIS TEMPO...
TEM QUE TER UM JEITO... ALI!

"CRUZANDO O CAMINHO! ESTÃO VENDO?"

AQUELAS AERONAVES... NÃO TEM NADA ASSIM NA CIDADE...

O PRESIDENTE CÁDMIO!

CADÊ O BRUTO?

SE ACOVARDANDO NA ANTESSALA!

VENHA AQUI!
Q-QUE QUE É ISSO?
PRECISAMOS CAPTURAR UMA DAS MÁQUINAS AÉREAS DELES. VOCÊ CONSEGUE? TALVEZ USANDO ESSES INTERLOCUTORES.
P-POSSO TENTAR. TODAS AS UNIDADE ESTÃO... DESLIGADAS. MAS TALVEZ CONSIGA DAR CARGA SUFICIENTE NUMA DELAS...
FAÇA.
TALVEZ ISSO GERE ELETRICIDADE PARA MANDAR UM SINAL PARA O BARCO MAIS PRÓXIMO...
SHKK!
CORRA!
ESTÁ FUNCIONANDO!

— ME ACOMPANHEM! PROGRAMEI UM BARCO PARA SE APROXIMAR DA VARANDA!

— VAMOS! TODO MUNDO, SAINDO, AGORA!

— JÁ ERA. TEM MUITOS DELES.

— POR AQUI! CORRA!

— CORRAM!

— PULEM!

E FAÇAM O RESTANTE DELES...

...ENCONTRAR SEU CRIADOR!

CAPITÃO! OS ESCUDOS ESTÃO DESLIGADOS! A CIDADE ESTÁ VULNERÁVEL! SOLICITANDO APOIO!
HMM...
POR AQUI. NO FINAL DAS CONTAS, TALVEZ A GENTE CONSIGA MESMO PEGAR O PRESIDENTE CÁDMIO.
PARABÉNS POR CONSEGUIREM DESLIGAR AS DEFESAS, TENENTE. ESTAMOS NOS PREPARANDO PARA BOMBARDEAR A CIDADE. ISSO, COM CERTEZA, VAI DAR UM JEITO NO PRESIDENTE E NAS FORÇAS CÁDMIO RESTANTES.
NÃO! NÃO! AINDA ESTAMOS NA CIDADE! VOCÊ NÃO PODE--!
O QUE FOI?
ELES VÃO BOMBARDEAR A CIDADE TODA ANTES DE MANDAREM OS EXÉRCITOS AZURE.
DIGA AO CAPITÃO QUE PODEMOS CAPTURAR O PRESIDENTE, SE NOS DEREM TEMPO!

POR FAVOR, SENHOR! O BOMBARDEIO VAI NOS MATAR ASSIM COMO OS CÁDMIOS. TEMOS O PRESIDENTE CÁDMIO NA NOSSA MIRA! NÓS--
VOCÊS SÃO UM PEQUENO PEDAÇO DE UM PLANO MAIOR. NÃO ACHE QUE PODE MANDAR EM MIM, TENENTE. VOCÊ CUMPRIRÁ SEU DEVER.
COMECEM O BOMBARDEIO!
ELES CORTARAM A COMUNICAÇÃO, ARIC. NÓS... ESTAMOS POR CONTA PRÓPRIA.
TENHO A SENSAÇÃO DE QUE SEMPRE ESTIVEMOS, WYNN.

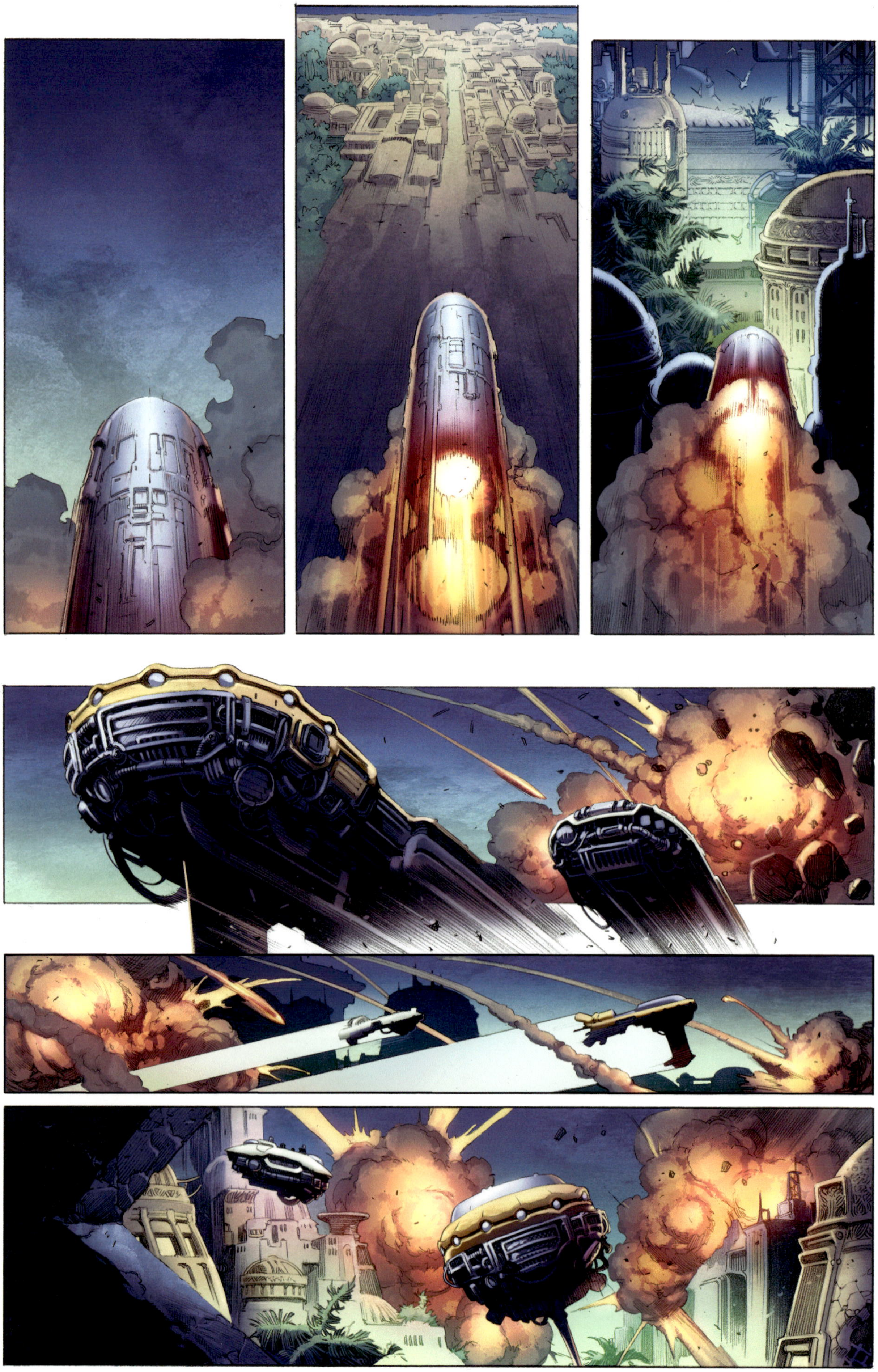

- O CAPITÃO BRANIX VAI MATAR A GENTE.
- NÃO ACHO QUE NOSSA SOBREVIVÊNCIA FAZIA PARTE DO PLANO.
- SOMOS DISPENSÁVEIS. SEMPRE FOMOS.
- CATT! ATRÁS DA GENTE! DÊ UM JEITO NELES!

ZZZBOOOM

- PODE DEIXAR.

CONSEGUI!

NUNCA VAMOS ALCANÇÁ-LO!

SÓ PRECISAMOS CHEGAR PERTO O BASTANTE!

NOS MANTENHA ATRÁS DELES E ESTÁVEIS.

E LONGE DAS DROGAS DAS BOMBAS DO BRANIX!

MORRA, PAGÃO!

MANTENHA...

MANTENHA...

CUIDADO! AS BOMBAS DELES VÃO MATAR NÓS DOIS--

KRAKKOW

...QUASE PEGUEI ELE...

ACABAMOS DE DESLIGAR OS ESCUDOS... PARA QUE BOMBARDEASSEM A CIDADE. NUNCA TEVE UM PLANO DE NOS RESGATAR...

ESPERAVA O QUE? VOCÊS, AZURE, NÃO SÃO MELHORES DO QUE OS CÁDMIOS. É POR ISSO QUE VIVEMOS EM DESERTOS.

NOSSOS EXÉRCITOS! ROMPERAM OS MUROS! TOMAMOS A CIDADE!

NÃO SE ENGANE, PORRETE.

NÓS TOMAMOS ESTA CIDADE.

MAS TARDE NAQUELA NOITE.
...E PODERÍAMOS TER CAPTURADO O PRESIDENTE CÁDMIO.
SE NÃO FOSSE PELA ORDEM COVARDE DO SEU CAPITÃO DE BOMBARDEAR A CIDADE.
ENQUANTO AINDA ESTÁVAMOS NELA.
A VITÓRIA TOTAL É O FIM DESTA GUERRA. E ATÉ QUE O PRESIDENTE CÁDMIO SEJA CAPTURADO, ESTA GUERRA NÃO SERÁ VENCIDA.
A MISSÃO DE ARIC ERA DESLIGAR OS ESCUDOS DE ENERGIA E DESTRUIR SUA TORRE PRINCIPAL, GENERAL. NADA MAIS. ELE DESOBEDECEU ORDENS DIRETAS PARA--
ORA, ORA, CAVALHEIROS. ESTE É O MOMENTO DE APROVEITAR NOSSA VITÓRIA! VOCÊS MOSTRARAM MAIS CORAGEM NO CAMPO DE BATALHA DO QUE TENHO VISTO EM ERAS.
E AGRADEÇO PELA SINCERIDADE. VEJO QUE AMBOS POSSUEM SAGACIDADE, CORAGEM E ESPERTEZA POLÍTICA. SÃO LEAIS. ALÉM DE LÍDERES COMPROVADOS.
MAS NÃO PODEMOS TER DISCÓRDIA NAS FILEIRAS. ORDENS DEVEM SER SEGUIDAS. CAPITÃO? SUA LÂMINA.
CERTAMENTE, GENERAL.
ENTRETANTO, ORDENS DE POUCA VISÃO SERÃO A MORTE PARA O NOSSO GRANDE POVO.

GHHHK!

— ASSIM COMO A *SUA* MORTE, TEMO.

— VOCÊ É MAIS ASTUTO DO QUE EU JULGAVA.

— ARIC. VOCÊ ENTROU NESTA BARRACA COMO UM SOLDADO RASO. MAS A DEIXA... COMO UM *CAPITÃO*.

— NÃO ERA MINHA INTENÇÃO...

— NÃO ERA MINHA INTENÇÃO...

"ESPERO QUE ESTA MENSAGEM TE ENCONTRE TAMBÉM."

"VOCÊ É UM BOM HOMEM. NÃO ESQUEÇA QUEM VOCÊ É."

"VOCÊ É UM HOMEM PIEDOSO."

ARIC. QUERIA TE... TE AGRADECER.

"NÃO ESCONDA ESTE FATO."

TODOS NÓS QUEREMOS.

SEM VOCÊ, NÃO TERÍAMOS CONSEGUIDO.

PRA ONDE QUER QUE VÁ, ARIC, COMPARTILHAREMOS SEU FARDO.

"E NÃO FAÇA ISSO SOZINHO. EU TE CONHEÇO, ARIC DA TE-HA."

VOCÊ É REPLETO DE AMOR. JAMAIS SE ESQUEÇA DISSO.

E JAMAIS SE ESQUEÇA DE MIM.

KLIK

— Está vendo, Aric? Está mentindo para si mesmo.

— Problemas não seguem você.

— Você poderia ter me usado para fugir. Levar Schon com você. Viver em paz.

— Mas está aqui. Você sabe que há trabalho a ser feito.

— Você nasceu para ser um guerreiro. E não há outro lugar onde preferia estar.

A SEGUIR: GENERAL

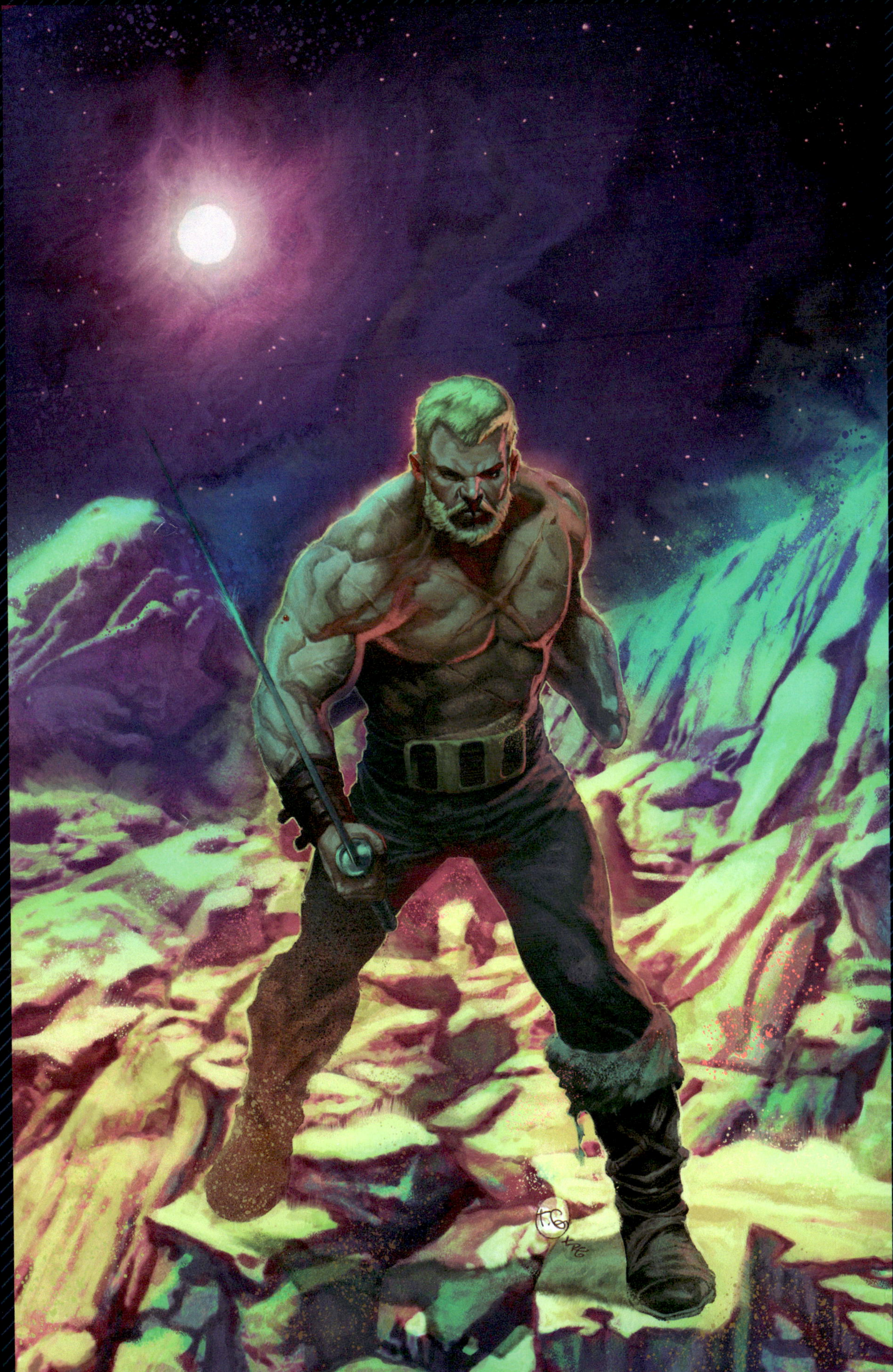

X O
MAN WAR

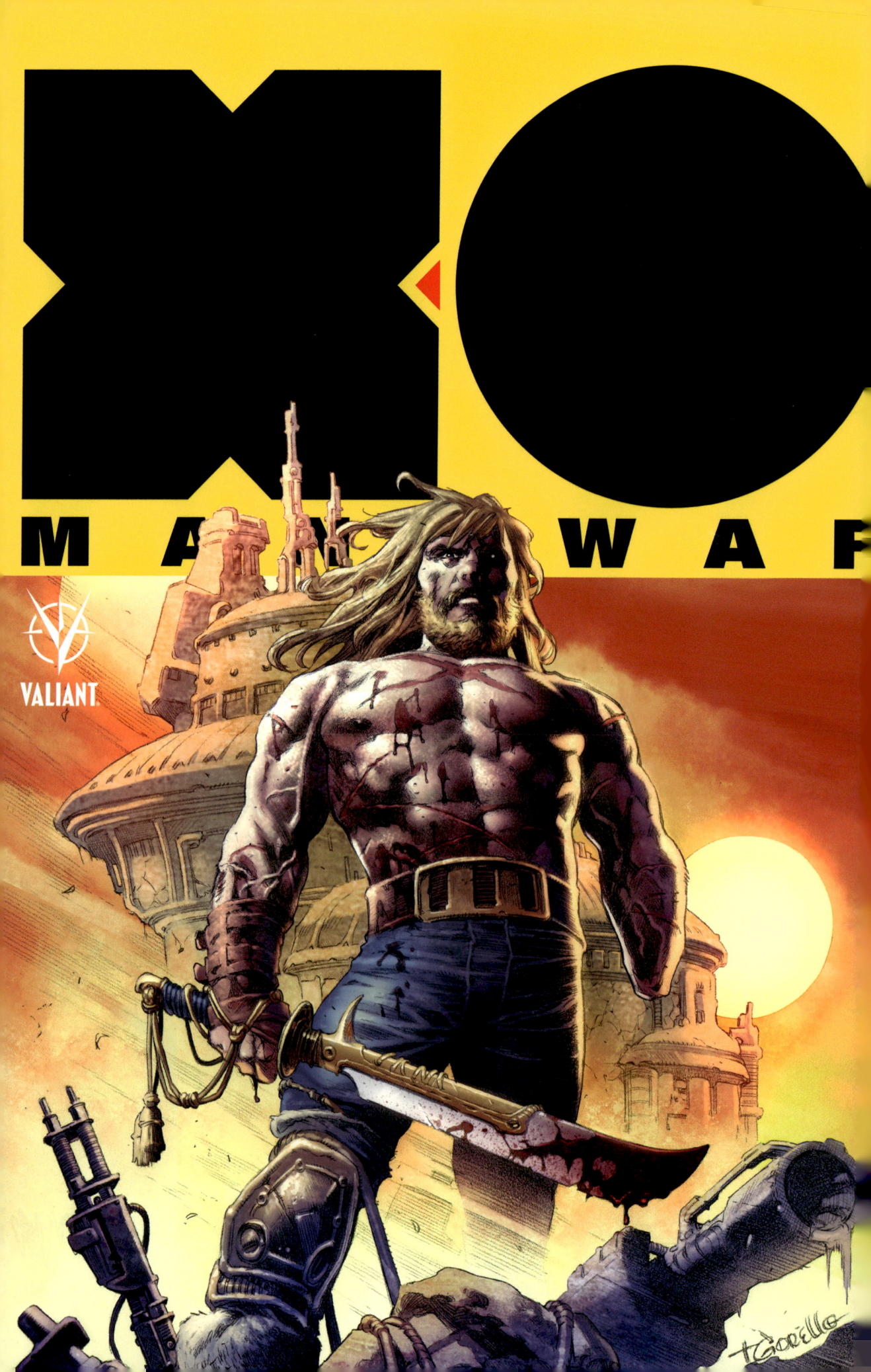

PLANETA GORIN

"VOCÊ É UM LÍDER NATO. SOUBE NO INSTANTE EM QUE TE VI."

"SÉRIO?"

"TEM ALGO DE DIFERENTE EM VOCÊ. PODERIA MUDAR DE VERDADE AS COISAS POR AQUI."

"FAZER A DIFERENÇA, SE QUISESSE."

FWMP!

"POSSO TE CONTAR UMA COISA?"

"CLARO."

"É UMA HISTÓRIA... QUE MEU PAI COSTUMAVA ME CONTAR."

A GUERRA ESTÁ NO HORIZONTE E O IMPERADOR EXIGE QUE TODAS VILAS CONTRIBUAM PARA O ESFORÇO DE GUERRA!

MERCADORES DEVEM COLABORAR COM SUAS RIQUEZAS E FAZENDEIROS COM SUAS COLHEITAS.

QUOTAS DEVEM SER ALCANÇADAS! VILAS AZURE QUE NÃO PRODUZAM...

"ERA SOBRE UM HOMEM."

...DEVERÃO SER USADAS COMO EXEMPLO!

SHKKK!

"ERA JOVEM. CHEIO DE VIDA. TINHA A VONTADE E GARRA PARA MUDAR O MUNDO."

DESTRUAM A CIDADE.

"CERTA NOITE, ESSE HOMEM ESTAVA REZANDO."

DESTRUAM TUDO... HÃ? QUEM É VOCÊ?

VOCÊ OUSA SE APROXIMAR DE UM SOLDADO DA GUARDA AZURE, ALIENÍGENA?

"ENTÃO ELE PEDIU A DEUS PARA DAR-LHE O PODER DE MUDAR O MUNDO. TORNÁ-LO UM LUGAR MELHOR."

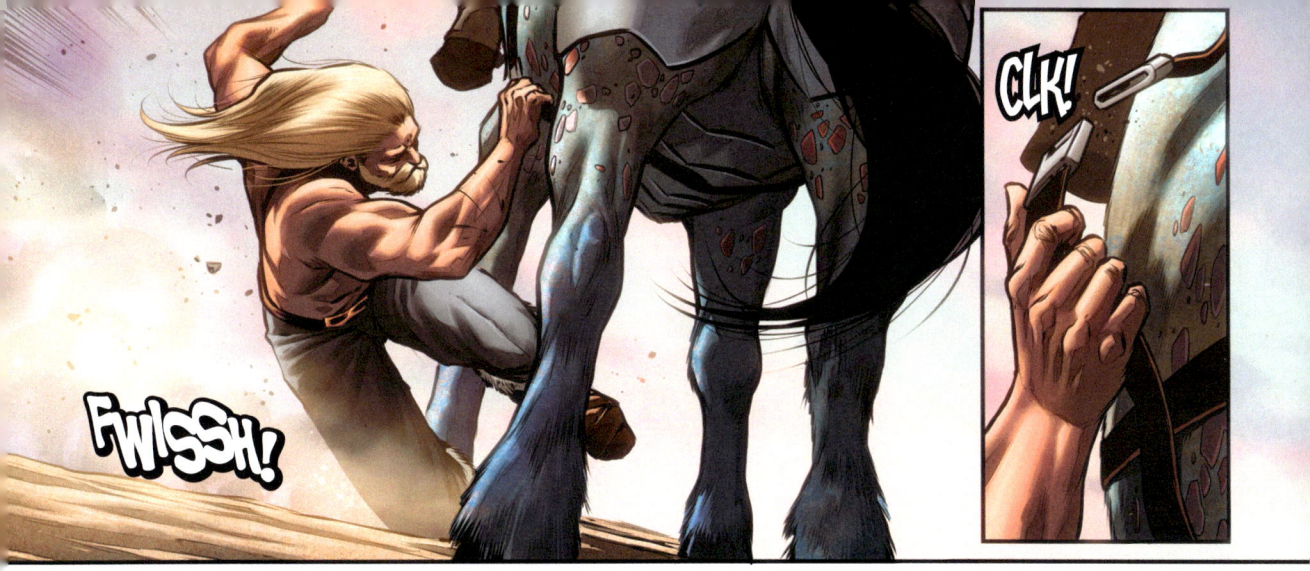

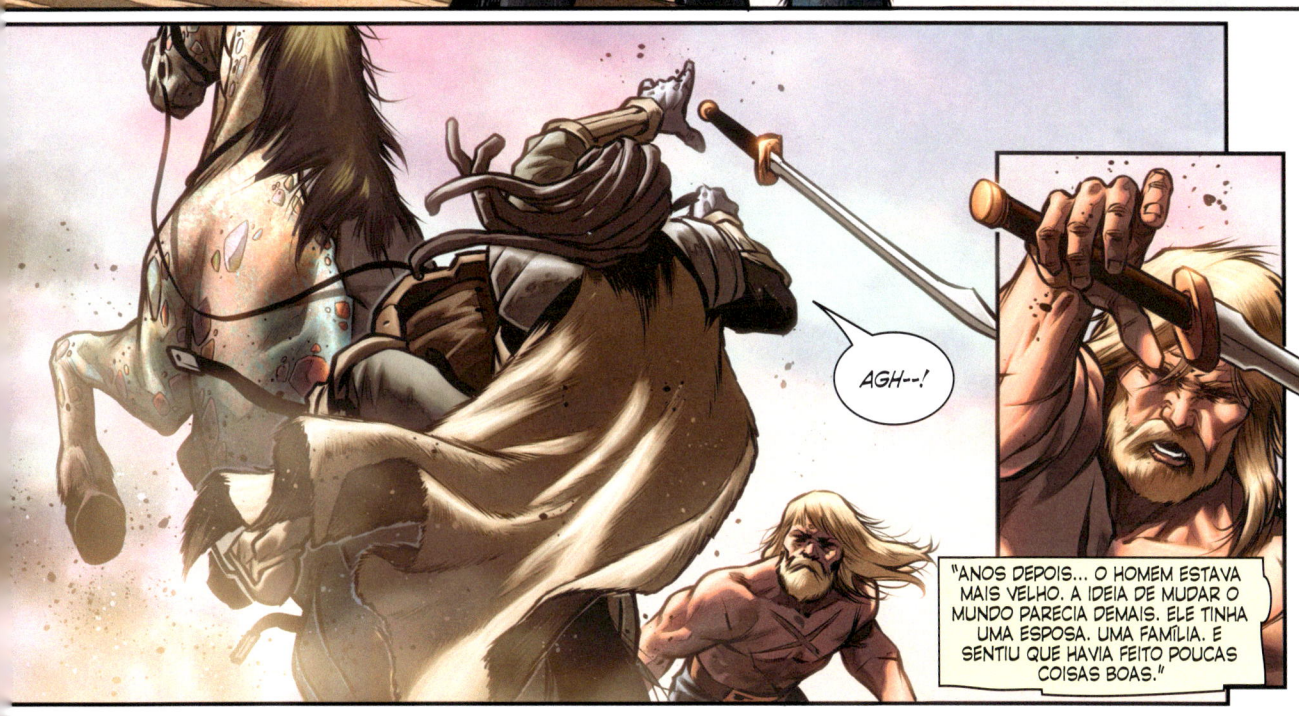

FWISSH!

CLK!

AGH--!

"ANOS DEPOIS... O HOMEM ESTAVA MAIS VELHO. A IDEIA DE MUDAR O MUNDO PARECIA DEMAIS. ELE TINHA UMA ESPOSA. UMA FAMÍLIA. E SENTIU QUE HAVIA FEITO POUCAS COISAS BOAS."

KEE-RAKKK!

"ENTÃO, CERTA NOITE ELE REZAVA NOVAMENTE. UMA PRECE MAIS MODESTA."

"DESTA VEZ, PEDIU A DEUS PARA LHE DAR O PODER DE MELHORAR APENAS AS VIDAS DE SUA FAMÍLIA."

SHUKK!

"ANOS SE PASSARAM. O HOMEM SE TORNOU UM VELHO. SUA FAMÍLIA SE FORA..."

NÃO!

"ELE QUESTIONOU TUDO QUE HAVIA FEITO. QUEM ERA ELE PARA PENSAR QUE PODIA — OU DEVIA — MUDAR O MUNDO, OU ATÉ A SUA FAMÍLIA?"

SHKKK!

"ENTÃO, O HOMEM FEZ UMA ÚLTIMA PRECE DESESPERADA."

"DESTA VEZ, PEDIU A DEUS PARA LHE DAR O PODER DE MUDAR APENAS A SI MESMO."

"E PARA O ASSOMBRO DO HOMEM, O DEUS RESPONDEU."

"E DISSE AO HOMEM..."

...SE PELO MENOS VOCÊ TIVESSE ME PEDIDO ISSO NO COMEÇO, QUANDO ERA MAIS JOVEM, TALVEZ AINDA HOUVESSE TEMPO.

COMO SE CHAMA?

SCHON.

NÃO ESTOU AQUI PARA ARRUMAR OS PROBLEMAS DO MUNDO, SCHON.

SE FOSSE VERDADE, TERIA FICADO SÓ OLHANDO.

ESTAVA EM DÍVIDA COM *VOCÊ*.

ARIC.

QUAL SEU NOME?

SHK

ARIC DA... *TERRA*.

Publicado originalmente em *X-O MANOWAR SPRING PREVIEW (2017)*

ADMIRÁVEL MUNDO NOVO

X-O MANOWAR VAI PARAR EM TERRITÓRIO DESCONHECIDO NA MAIOR SÉRIE DA VALIANT DE 2017

Em 22 de março, a história será feita quando o escritor *best-seller* do *New York Times* Matt Kindt e um elenco rotativo de cinco dos mais talentosos artistas dos quadrinhos atuais – Tomás Giorello, Doug Braithwaite, Clayton Crain, Ryan Bodenheim e Mico Suayan – mergulharem o mais formidável herói da Terra em um mundo alienígena inexplorado de barbárie e discórdia no novo *X-O Manowar*. Agora, confira o escritor Matt Kindt analisando os detalhes por trás da chegada deste novo marco do mais icônico herói da Valiant.

No começo da série, você está leva X-O Manowar para longe, bem longe da Terra. Como é a vida nesse novo mundo dele... E algum dia ele voltará para o nosso planeta?

Matt Kindt: Há um grande plano para a série – e não vou dizer que ele nunca voltará à Terra –, mas ficará longe por um tempo. Nos dedicamos muito para construir um novo planeta e povoá-lo com raças, criaturas e culturas interessantes. Estamos levando a série para alta fantasia e ficção-científica. Creio que ao levar Aric para um ambiente totalmente alienígena, podemos despi-lo de volta para suas raízes e chegar até ao que ele é de verdade: um bárbaro vestindo a armadura/arma mais avançada que existe. Esse contraste, essa combinação, é para mim o mais interessante sobre o personagem e a série. Nós vamos explorar isso profundamente. Na história da armadura X-O Manowar, só chegamos na superfície do seu potencial, então vamos pegar a premissa dessa armadura incrível e levar aquela ideia até seu limite absoluto.

A Valiant está chamando de "A História definitiva de X-O Manowar." Quão grande esse ponto de virada será para o personagem mais icônico da Valiant?

MK: Há! Bem, é uma pergunta forte. O que posso dizer é o seguinte: existem sementes que só vão dar frutos daqui um ano ou mais. Mas têm sementes de coisas, personagens e elementos que aparecerão ao longo do primeiro ano do título que irão se amarrar com o futuro das coisas da Valiant. Têm várias primeiras aparições que terão consequências no longo prazo e que, eventualmente, terão contato com o resto do universo. É tudo muito integrado. Estou jogando lá longe com a história! E sem querer encher a bola da Valiant, mas este é o jeito de trabalhar um universo compartilhado. Não estamos lançando séries novas, *crossovers* e eventos loucamente, na sorte. Você não escreve um romance simplesmente começando pela primeira página e escrevendo até chegar ao final. Você faz uma arquitetura, um plano, e, então, na estruturação do romance, constrói os momentos marcantes e as conclusões. O que importa em boas histórias é o planejamento. E com certeza há um planejamento aqui.

Esta série é um novo começo para Aric de Dácia, mas ele não tem a armadura para ajudá-lo, pelo menos não no início da série. Ele acha que seu relacionamento com a armadura X-O Manowar acabou quando o encontramos pela primeira vez?

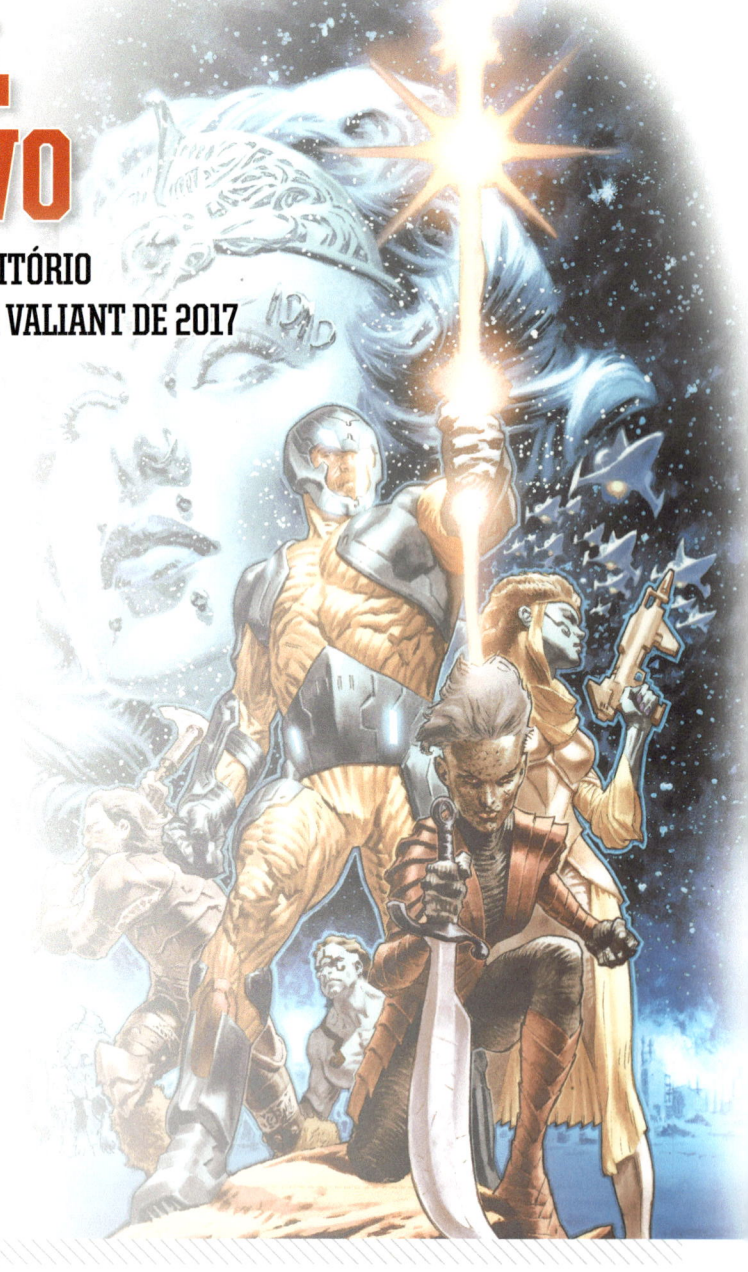

X-O MANOWAR (2017) #2
Capa por Kenneth Rocafort

Você já tem planejado mais de um ano de série, com arcos de três edições se estendendo até o volume 13. Por que exatamente essa estrutura?

MK: Eu adoro. Não tem enrolação. Essa série é realmente enxuta e épica ao mesmo tempo. A parte divertida de fazer esses arcos de três edições é a lacuna entre eles. É meio que como música. Música não é só sobre as notas escolhidas... é sobre o timing e o silêncio entre as notas. E é isso que estamos fazendo com a série. Os arcos de três edições são as notas, e então aparece um espaço interessante, uma pequena lacuna no momento entre cada arco que realmente soma ao ritmo dramático da série. Se passam momentos significantes entre as edições 3 e 4, assim como entre as edições 6 e 7, 9 e 10 e assim por diante. Essas pequenas lacunas mudaram como o drama se desdobra na série de um jeito que é único para os quadrinhos. Definitivamente, escrevo esta série com a intenção de torna-la uma leitura mensal satisfatória. Sei que muitos leitores esperam pelos encadernados, mas tenho convicção na experiência mensal. É como acompanhar uma série de TV; você pode maratonar tudo em dois dias, mas é tão divertido tomar pequenas doses toda semana, para poder digerir. Imaginar as possibilidades, conjecturar, conversar com seu amigo sobre ela. Essa é a experiência que estou tentando trazer de volta aos quadrinhos. Então, vá até sua loja especializada favorita toda semana e converse com as pessoas.

Essa série vai manter Aric isolado dos outros heróis do Universo Valiant, ou seus caminhos vão se cruzar antes que a série acabe?

Está muito cedo para afirmar. Tem muitas histórias e aventuras acontecendo nas próximas 12 edições de X-O Manowar que o manterão ocupado. Vai demorar um pouco, mas... nunca diga nunca!

MK: Com certeza. Ele e a armadura se separaram. Então, quando vemos Aric... ele está só tentando viver um tipo de vida normal, voltando para suas raízes, plantando, tentando viver uma existência pacífica. Está acordando, aproveitando ar fresco e a satisfação de um trabalho honesto e suado. Não parece um quadrinho divertido?! Claro que, em algum momento, tudo desmorona. E para dar um temperinho, Aric deixou a Terra já faz um tempo, e, espreitando por trás de toda a série está o mistério do que ele deixou para trás...

O que mudou sobre o homem dentro da armadura X-O Manowar? O que o levou para tão longe da Terra e até as fileiras do exército alienígena?

MK: Ele percorreu um longo caminho e viajou para mais longe ainda, mas, com certeza, encontrou alguma paz. Não é do seu feitio estar em conflito. Ele não quer isso. Não está procurando por briga..., Mas por mais que queira paz e quietude, acho que em algum momento ele se cansa daquilo... Acho que por mais que Aric fique de esbravejando que quer paz e silêncio, ele voou pelo ESPAÇO! Viu planetas alienígenas e combateu ameaças cósmicas. Acho que quando você viu tudo que Aric viu, não é o mesmo depois. Os velhos costumes, a paz que pensou querer... você se entedia com isso. Conscientemente (ou não, no caso de Aric) você vai sabotar aquela paz e procurar por aquela emoção, aquela causa, aquela luta. Aric anseia por isso, sabendo ou não.

X-O MANOWAR (2017) #2
Capa por Lewis LaRosa

ARMAS & GUERREIROS
Traçando a nova origem de X-O Manowar em um planeta alienígena selvagem

Nas partes mais longínquas do espaço, os cães de guerra encontraram Aric de Dácia. Recrutado para um exército alienígena e forçado a lutar, o visionário escritor Matt Kindt e o artista em ascensão Tomás Giorello estão prestes a jogar X-O Manowar para a linha de frente de um campo de batalha diferente de qualquer outro que já tenha enfrentado. Agora, a Valiant orgulhosamente apresenta, com exclusividade, os bastidores do estranho novo mundo que Aric de Dácia está chamando de lar, e os guerreiros e armas exóticas que farão parte do seu presente e futuro.

Conceitos de personagens por Tomás Giorello | Comentários por Matt Kindt

ARIC DE DÁCIA

Matt Kindt: "Esse é Aric quando o encontramos. Ele desistiu da armadura e está apenas tentando viver uma vida simples. É um camponês e encontrou uma companheira. Mas traz consigo as cicatrizes do seu passado. E eu acho que tem algo no âmago de sua personalidade que o faz deliberadamente perder sua mão (que a armadura poderia consertar). Ele prefere ficar sem a mão do que fazer as pazes com a armadura X-O Manowar."

O CAPACETE

MK: "O elemento que sempre mais intrigou em X-O Manowar foi essa ideia de que ele era um bárbaro empunhando a arma mais tecnologicamente avançada da história humana. Este é o verdadeiro conflito da trama. A natureza de Aric contra tudo o que a armadura representa... e barbas são superlegais."

Publicado originalmente no *X-O MANOWAR SPRING PREVIEW (2017)*

A ARMADURA X-O MANOWAR

MK: "Esta é a versão final de *X-O Manowar*. A beleza desta nova série é que Aric está se desenvolvendo para esse momento e essa versão. Nós o deixamos apenas no básico e, então, lentamente assistimos ele evoluir até aqui..."

OS AZURE

MK: "Eu e Tomás nos divertimos muito construindo o mundo. Definimos a série inteira em um planeta alienígena e foi super agradável povoá-lo. Criamos três raças novas, cada uma com culturas, histórias e aparências distintas. Tudo tem um significado – o vestido, o cabelo, as tatuagens e apetrechos são todos baseados em um monte de elementos históricos, políticos e culturais que cozinhamos na série. Os azure são um tipo de tribo proletária do planeta... O sucesso do planeta foi construído em suas costas e agora eles querem que sejam compartilhadas as vantagens."

OS CRESTADOS

MK: Os crestados são a tribo peregrina – de cultura bélica e nômade. Tentaram ficar de fora da maioria dos conflitos, mas são realmente bons em briga, então as outras tribos estão constantemente tentando fazer alianças com eles."

OS CÁDMIOS

MK: "Eles são a classe governante do planeta. Possuem a tecnologia mais avançada e todas as riquezas... O que vai terminar sendo um problema para eles. São análogos ao Império Romano, mas terão umas surpresas jogadas em seu caminho enquanto avançamos na série."

FERA CONTROLADA

MK: "Eu e Tomás nos divertimos muito com a tecnologia, criaturas e aparência do mundo. Queria mesmo fazer uma narrativa meio alta fantasia, ficção-científica e bárbara – levando Aric de volta a suas raízes e colocando-o neste planeta fez muito sentido. Nos deu a chance de ficarmos bem livres – criando híbridos de animal e tecnologia e construindo alguns quadros como nunca tínhamos visto antes."

TANQUE-ARANHA

MK: "Qual é. Aranhas e tanques! Duas coisas assustadoras reunidas. Tomás conseguiu juntar esses dois designs – eles parecem fantásticos e fundamentados ao mesmo tempo, por causa dos detalhes que ele coloca. Os degraus das escadinhas neste aqui são meus favoritos. Ele criou mesmo um mundo que parece fantástico e habitado. Ter essa tela em branco para trabalhar nos deu a chance de mostrar algumas cenas intensas de guerra total que são diferentes de qualquer coisa que já tenha visto, com armas e criaturas estranhas... Algumas batalhas inesperadas e bizarras vão surgir."

A ARTE DA GUERRA

O artista Lewis LaRosa mostra os bastidores do impressionante mundo novo de X-O Manowar

CATT
DESIGN POR LEWIS LAROSA

LEWIS LAROSA

Não posso levar todo o crédito por esses visuais. Precisava de referências de trajes para essas duas personagens enquanto estava trabalhando na capa da primeira edição. Tomás estava nas etapas iniciais do começo do livro e ainda não tinha tido a chance de fazer mais do que uns dois (belos) estudos de cabeça. Warren me enviou algumas notas sobre personagens de Matt Kindt assim como alguns esboços iniciais, mas muito inspiradores. A partir dali, foi só uma questão de refinar suas ideias e mesclá-las com o trabalho que Tomás já tinha feito. Foi moleza.

- Dark, cracked skin
- Ribbed cloth (black?)
- Segmented leather armor (red?)

SCHON
DESIGN POR LEWIS LAROSA

LEWIS LAROSA

Gosto do contraste tanto da textura quanto da cor dessas duas personagens. Mais uma vez, muito disso foi Matt e Tomás, que já tinha estabelecido a textura da pele dos crestados e suas armaduras de faixa de couro, assim como as marcas nas peles e cabelo dos azure. Os esboços de Matt indicam o formato do cabelo de Catt (que eu amo porque dá a ela uma silhueta única), sua cimitarra e a saia de Schon. A partir daí, é só uma questão de juntar as coisas em um formato e padrão que, com sorte, fará sentido, parecerá interessante e não vai ser difícil demais de desenhar – a armadura X-O já consome tempo o bastante!

AVANÇOS TECNOLÓGICOS CÁDMIOS
Trechos do roteiro de *X-O Manowar* 1 a 3 por Matt Kindt

TRANSPORTE PRESIDENCIAL:
Aric na varanda olhando para uma sacada acima – o Palácio Presidencial. Nós vemos uma plataforma portuária e alguns transportes aéreos. Eles têm exaustores grandes na traseira e vários tubos de escapamento e uma vela solar, parecem naves solares estilo *steampunk* com exaustores que ajudam a impulsionar/guiar. Barcos aéreos piratas! Tem vários deles, mas o maior é do Presidente Cádmio e Aric vê o presidente entrando no transporte com uma equipe de guardas.

ESPECIALISTAS DE NAVEGAÇÃO CÁDMIOS:
Existem tubos e geradores em todo lugar e um punhado de especialistas cádmios magricelas plugados a computadores. Essas figuras foram geradas e criadas pelos cádmios com um único propósito: pilotar e direcionar a Frota Estelar. Vê-se fileiras de navegadores cádmios, cabeça para trás, seus plugues desconectados. Estão sangrando pelos buracos de onde os plugues foram arrancados. Todos estão mortos.

TRANSPORTE CIVIL:
Aric se joga para dentro de um transporte – é uma nave sem teto, com apenas grades ao lado. Pense em algo como um navio pirata *steampunk* (exaustores e painéis solares em tudo que é canto). Wynn está ao rádio no transporte com um grande rádio-tubo. Wynn usa um comunicador e está falando com o comando azure.

ILUSTRAÇÕES POR TOMÁS GIORELLO   Publicado originalmente em *X-O MANOWAR 2* (2017), EDIÇÃO DE PRÉ-VENDA

X-O MANOWAR 1
CAPA EXCLUSIVA DA LOJA LARRY'S COMICS
Arte por BOB LAYTON

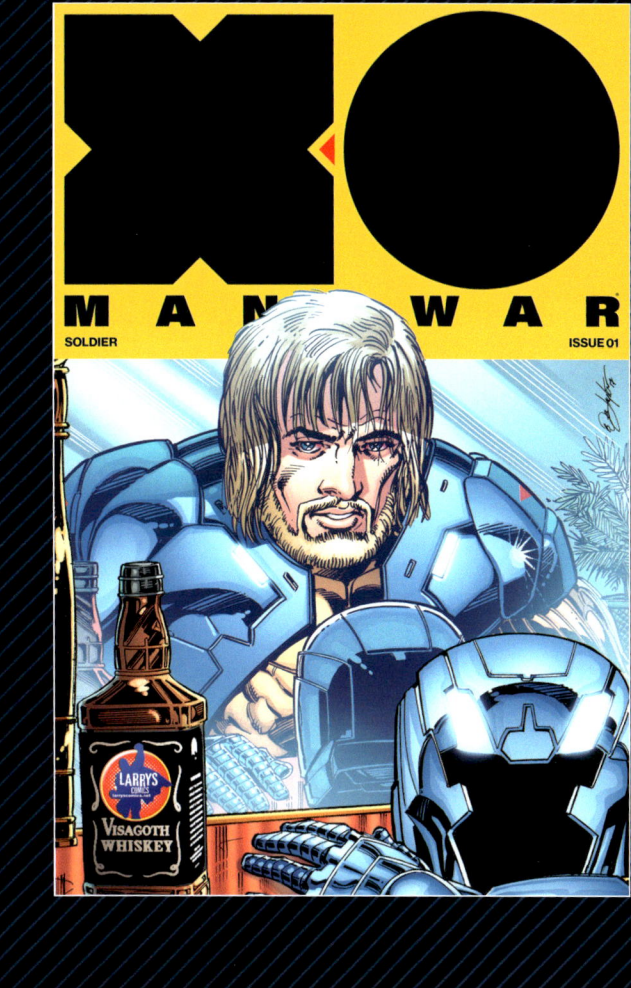

X-O MANOWAR 1
CAPA VARIANTE DE METAL ESCOVADO
Arte por MONIKA PALOSZ

X-O MANOWAR 2 CAPA B
Arte por KENNETH ROCAFORT

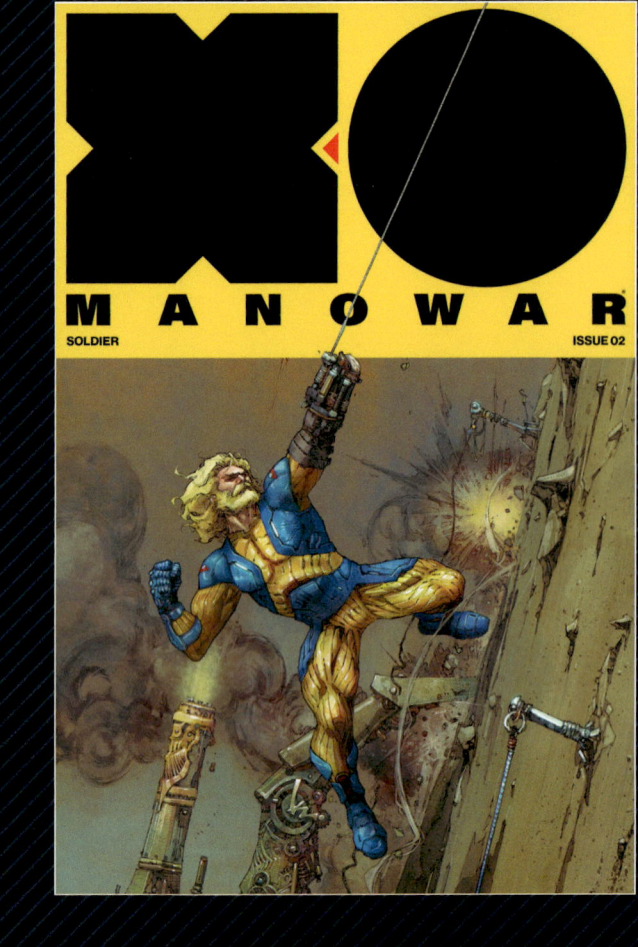

X-O MANOWAR 3 CAPA B
Arte por KENNETH ROCAFORT

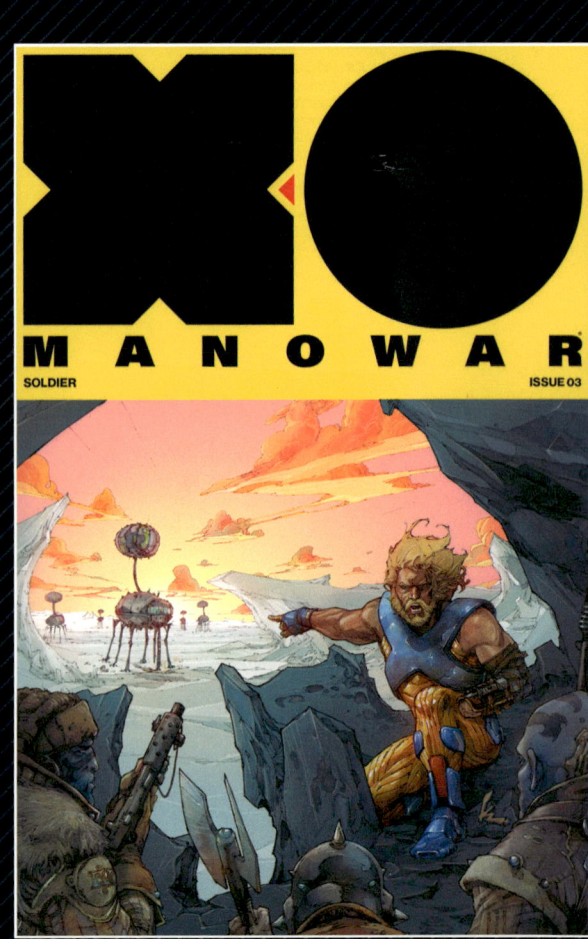

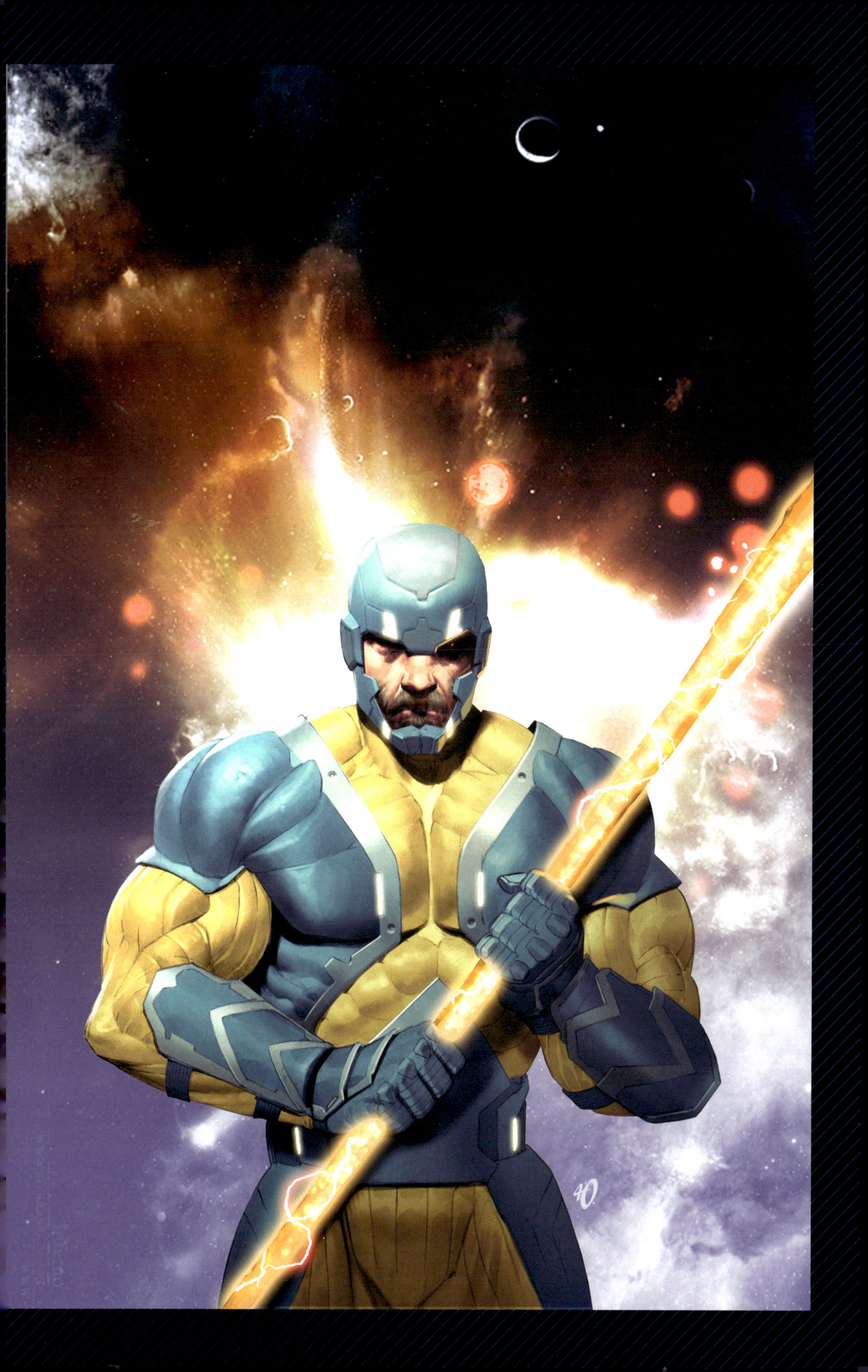

XOX
MANOWARMAN

SOLDADO   EDIÇÃO 01   SOLDADO

OXO

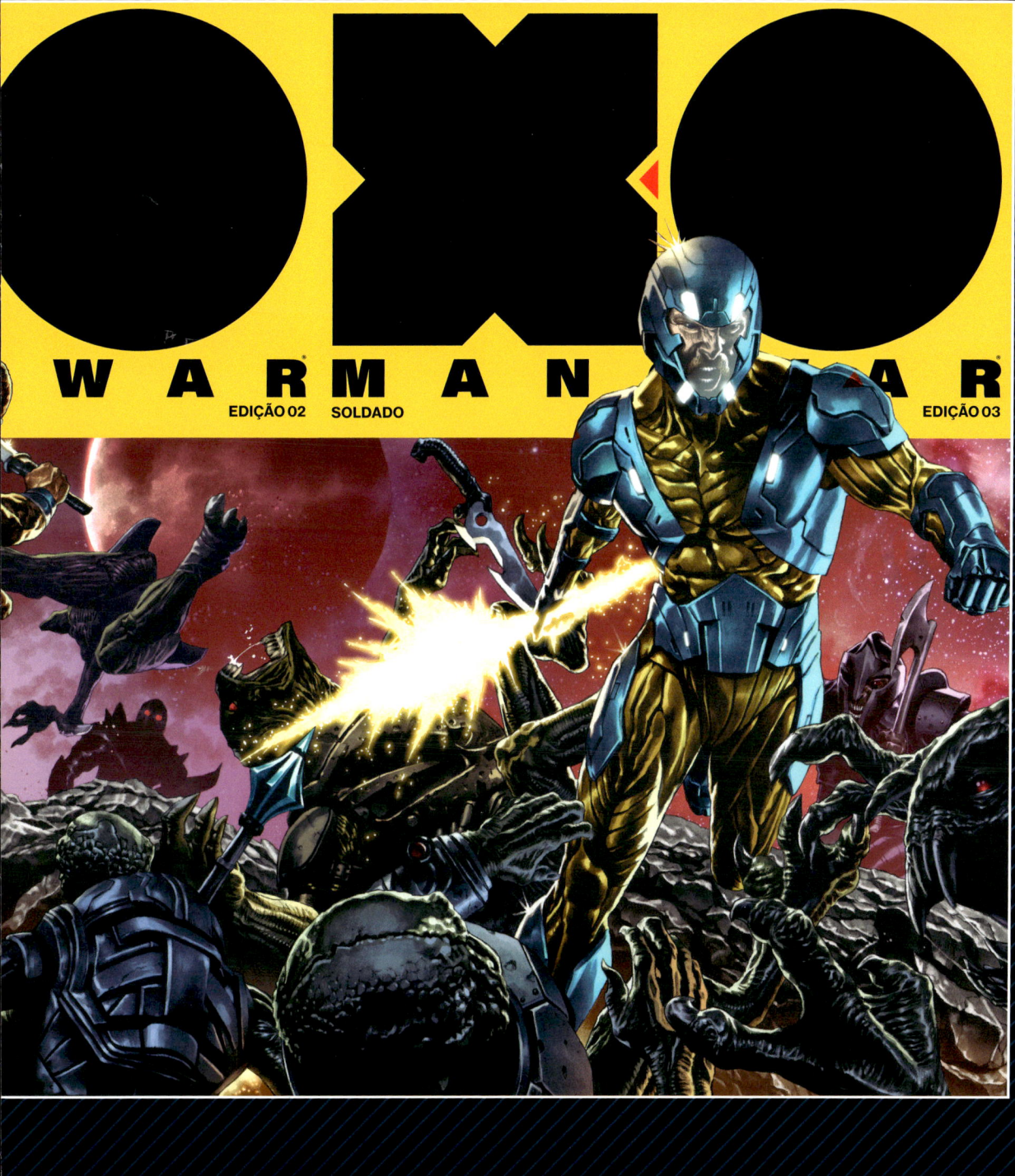

WARMAN

EDIÇÃO 02   SOLDADO   EDIÇÃO 03

Faith

VOL. 2

A SEGUIR...